KB0330836

스타리

스타리

나잇

엄지용

청춘문고

스타리

스타리

나잇

우리가 사랑한 밤에는
온 우주에 우리뿐이었지

밤하늘

어떻게 이어도
뭐라도 이뤄질
별들이 있다

그 아래
우리가 있다

무리가 되자

우리도 저 별들의
무리가 되자

어떻게 이어도
뭐라도 이뤄질
우리가 되자

장갑

장갑은 한 쪽이면 돼
한 쪽은 네 손이면 돼

별자리

사랑하다 죽으면 별이 된다네
서로 사랑하다 죽으면 별자리가 된다네

그들 사이
수천수만 광년의 거리가 놓일지라도

결국 하나의 이름이 된다네
영원한 서로의 자리가 된다네

내 편

그 어둡던 밤
홀로 걷던 길에도
돌아보면 달 있었다

그 어둡던 밤
어둠을 가르며 달리는 버스에서도
올려보면 달 있었다

늘 날 좇아
바라보고 있었다

널 보듯 달 본다
달 보듯 널 본다

동침

그댈 앞에 두고
두 눈,
천천히 감으면
눈 감을수록 그댄,
천천히 차오르다가

이내
나의 모든 여백,
그대의 것이 되고
그대로,
그댄 나의 꿈이 된다

종이비행기

오늘도 내 하루를 고이
고이 접어 네게 날려 보낸다

네게 닿지 못하고
맴돌다 떨어진 하루들이
주변 가득 널 감싸고 있다
언제라도 네가 손 뻗어 주워 순다닌
난 그 하루를 위해
오늘도 내 하루를
고이 접어 날려 주겠다

From You

내 시들은 당신을 향해 있지 않아요
그저
당신에게 비롯된 것들이에요

익사

이 밤에 익사자 둘 있네

밤이 깊어 빠져 죽은 너와
사랑 깊어 빠져 죽은 나와

야광

내 짙은 어둠에도
그대 있어요

나는 두 손 모아
그댈 감싸안아요

내 모든 게
그대에게 쏠려 있어요

내 짙은 어둠에서
그대 빛나요

낮은 사랑

높은 곳에서 고백을 하면
고백의 성공률이 높아진다는 얘기를 들은 적 있다

높은 곳이 주는 두근거림을
상대가 주는 두근거림으로 착각하게 된다던 얘기

그래서 나는 낮은 곳에서 고백을 해야겠다

지금 네가 두근거린다면
그 두근거림 온전히 내가 주고 있는 것이라고

조금의 착각도 없이 그 모두가 나라고

나는 너에게 고백하겠다
사랑은 원래 낮은 곳에서 시작된다고

땅에서 흩날려진 홀씨가

온 세상에 뿌려진다고

모든 것은 사랑에서 시작된다고

당신 오면

당신은 불어오는 바람
밤이면 창을 흔들던 바람
닫으면 흔들던 바람
열면 흐르던 바람

난 바람 기다리던 사람
창을 열고 기다리던 사람
불어오면 휘청거릴 사람
떠나가면 헝클어질 사람

바람 불면 창을 열고
당신 오면 맘을 여네

눈맞춤

오늘처럼 달이 먼저 눈 맞춰 오는 날엔
카메라 대신 눈을 들이대야지

네게 달빛을 받았으니
나는 눈빛을 주어야지

깊이 파인 너의 바다에도 빛이 난다고
나는 눈빛으로 말해 줘야지

말하지 않아도 나는 다 알 수 있다고
나는 눈빛으로 말을 해 줘야지

커피나 합시다

밤도 깊었는데
커피나 한잔 합시다

밥은 먹었고 술은 부담이니
커피나 한잔 합시다

이렇게 늦은 밤 커피는
잠 못 이룬다 하셨지만

오늘은 그 잠 미룬다치고
나랑 커피 한잔 합시다

정말 오늘 밤 잠 못 이루고
심장만 두근거린다면

오늘은 커피 탓하지 맙시다

앞에 앉았던 내 탓 좀 합시다

나는 커피 없이도 그대 탓하는 밤들이 수두룩하니
오늘은 그대가 내 탓 좀 합시다

일단
커피나 한잔 합시다

안개꽃

너랑 같이 있을 때
사진이 예쁘게 나오는 것 같아

네가 말했고
나는 그 말이 좋았지

내가 안개꽃이 된 것 같았지

너를 한아름 안고 있는
장미 품은 그
안개꽃

초승달

밤하늘
별을 쏟아 버린 빈 그릇 하나

조금씩
다시 주워 담으면

달이 차오른다네
보름달이 된다네

우리는 그늘로

너의 피부는 하얗다 못해 투명해서
가늘지만 선명한 너의 정맥들은
마치 푸른 나무줄기처럼 보여

하얗고 가느다란 손목을 지나
손등으로 뻗은 나무줄기를 따라
나는 오늘밤 그늘로 가야지

오늘밤은
밤새 그 나무를 타고 놀아야지
그 나무에 입을 맞출 거야

어린애처럼 나무를 탈 거야
나무를 잡고 그네도 탈 거야

나무는 그늘을 만들어 줄 거야

나는 그 그늘에서 잠을 잘 거야

우리는 그늘로 가는 거야
오늘 밤은 그늘에서 쉴 거야

나무에 숨을 불어 넣을 거야
우리는 그늘로 가는 거야

까닭

해가 질 때면
그대 그림자 내게 더 기대 오는 것을
그대 아는가

내 그대 떠나지 못함은
그 그림자마저 내가 끌어안기 위함임을
그대 아는가

우리는 그늘로2

온전한 그늘은 밤뿐이다
밤은 그 자체로 그늘이다

그대여
그늘에서 쉬었다 가자

볕에 지친 그대여
오늘 그늘로 가자

함께 지구의 그늘로 가서
그댄 나의 그늘로 오라

그 자체로 그늘이 된
그 시간 속에서

한 숨 덜어 놓고
그대여 쉬었다 가자

경계

너희 집과 우리 집 사이에
너희 동네와 우리 동네를 나누던
그런 길이 하나 있었지

넌 모르겠지만
난 매일 그 길을 넘어 다녔지

너와 나 사이에 선을 하나 그어 놓고
넘어오면 다 내 거라고 엄포를 놔주길 바랐지

그러곤 너도 넘어와 주길 바랐지

제주의 길에서

해가 뜨거운 제주를 걸었다

좁은 그 길에서 나는 오른쪽 끝으로
너는 왼쪽 끝으로 걸었다
손잡진 않았지만 나란히 걷는 길이었다

우린 길을 채울 순 없었지만
길의 시작도 끝도 우리였다

너는 나와 나를 둘러싼 배경을 보며
쿠바를 떠올렸다

쿠바
네가 가장 사랑한 여행지였다

나는 쿠바를 가 본 적이 없으니

아무 말 않았다 그저 쿠바가 이렇구나 생각했다
네가 가장 사랑하는 공간에 나를 채우니 그게 좋았다

그렇게 나의 세계에 쿠바가 채워졌다
때론 네가 나의 세계가 된다

세상 전부 그대는 아니지만
분명 그댄 나의 세상 전부가 된다

그 길에서 난 나의 세상을 또 채워 갔다
네가 나의 길이 되었다

잎3

나 없이
피는 꽃 없던데

너도 나 없인
안 될 텐데

고려장

너 없이 너를 벗 삼아
떠난 이 길의 끝에서

나는 너 없이
돌아오리라

익사2

밤이 너무 깊어 허우적거리네
사랑 너무 깊어 허우적거리던 그날 밤처럼

꽃팡이

그대 날 비춰 주면
그대 곁에 필 텐데

그대 날 외면하니
내 안에만 피어났소

달이 뜬다

누구의 가슴에나 달이 뜬다

해 온전히 그댈 비추면
더 환히 빛날 달이 뜬다

시린 초승달이나
아픈 반달도
탓할 것은 그대가 아니라 그 사람이다

그 사람 온전히 그댈 비추는 날
누구의 가슴에나 꽉 찬 보름달이 뜬다

눈이 오는 모양

두 손 내어
가만히
눈을 받아 본 적 있다

꽃 같기도
별 같기도
네가 오던 모양 같았다

두 손에 내려앉고는
이내 녹아 사라지는 것도
흥건한 흔적만 남기고 가는 것도 너 같았다

밖엔 지금 눈이 오는 모양
그댄 지금 어디 있는가

겨울나무

뼈만 앙상하게 남은 겨울나무에
다 죽은 나뭇잎 하나 달려 있다

이미 떨어져 뒹구르고 부서져도
하나도 이상할 것 없을 살점 하나 붙어 있다

놓을 수 없는 마음이다

살을 에는 겨울바람에도 남은 하나의 살점
온 힘 다해 붙잡고 있다

보낼 수 없는 마음이다

시체를 껴안고는
바람 불어도 울지 못하는 겨울나무가
여기에 있다

품앗이

너랑 같이 쓰던 시간을
혼자 쓰려니 남아돌아

괜찮다면
내 시간 좀 같이 쓰자

다음에 그대 시간 남아돌 때
그때 나도 도와줄게

반달로부터

그냥요
있는 그대로
사랑해 줄 수는 없나요

이미요
절반의 마음은
당신에게 있는 설요

유성

내 세상에 툭하고 떨어져선
부서지지 않아
온전히도 온전하게
부식되지 않아
눈 감으면 울리는
소리로만 남아
온전히도 온전하게
목소리는 남아
눈물 몇 방울 떨군다고
번지지도 않아
온전히도 온전하게
지워지질 않아

행간

나는 우리 이야기가 끝나지 않았다고 믿었기에
그저 이 침묵들은
그저 이 여백들은
그저 우리의 조금 넓은 행간이라 여길 테니

나는 정말 그럴 테니
언제고
다시 시작해 주세요

추억 아닌 사람에게

나는 애써 당신이 먼저 꺼내지 않는
앨범 속 사진 한 장이다

당신이 추억하지 않는 추억이다
추억이라 이름 짓곤 추억하지 않는 당신이다

지난 일을 추억이라 한다기에
그저 추억이 된 나겠지만

지난 일을 추억이라 한다니
그댈 지금의 일 삼는 게 내가 할 일이다

그대 날 지난 적 없다
그댄 나의 지금이다

지금도 그대의 시간이다
그댄 늘 지금이다

낮달

아침이라고
사라지지 않는
그대여

낮에도 달이 떠요
여전히요
여전해요

낮달2

나 그대에게 보여 줄 수 없는 뒤편이 있어
초승이든
그믐이든
보름이든
그대 불러 주는 대로 내 이름 삼지만
차마 다가설 순 없는 운명이 있어
해 떠도 질 수 없는 마음이 있어

낮달3

어젯밤엔 달도 너만큼 진했나 보다
아직 자국이 남았다

낮달4

그대 날 잊으실까
정표 하나 남겨 놓아

달 있거든
잊지 마오
달 있거든
잊지 마오

색

색을 잃은 나에게
너랑 사랑할 기회를 줘

내게 색을 줘
빨강 파랑 사랑을 줘

너랑 나랑 노랑 달 아래 서거늘랑
맘껏 사랑할 빨강 사랑을 줘

파랑 바다 정처 없이 방랑하는 배 한 척에
풍랑 같은 파랑 사랑을 줘

색 없이 정처 없이 유랑하는 내가
너로 한없이 휘청이고 휘청이게
네가 내게 색을 줘

빨갛고 파란

그런 사랑을 줘

8월 말

시간이 답답하여 바람이 먼저 왔나 싶었다
오늘은 분명 가을 바람이 불었다

시간을 앞지른 바람은 늘 시간을 데려온다
가만히 기다리면 된다

바람이 불었고
시간을 기다린다

너 오기 전 바람이 분다

별의 파편

별은 조용히 죽지 않는다
장렬히 폭발한다
가히 장엄한 죽음이다

사랑이 죽는 과정이다
사랑도 장렬히 폭발한다

네가 이별을 말하던 그날에는
별 하나가 폭발했다
이별은 별과의 이별이었나

나는 고스란히 파편을 맞고 섰다
별은 떠나갔고
파편은 박혀 있다

꿈 같던 날

지금 생각하자니
꿈 같던 날들이었고

이제 그댈 보자니
꿈에서나 가능한 이야기가

시소

어떤 날은 네가 내 위에 있는 것 같았다
그래서 힘껏 발을 구르면
너는 또 저 밑에 있었다

사랑은 마주 보는 것이 아니라
나란히 같은 곳을
보는 것이라던 말이 스쳐 갔다

마주 앉은
우리 사이 놓인 간격은
우리에게 주어진 슬픔의 거리다

오르락내리락하는 슬픔 속에서
이제는 준비해야 했다

나는 힘껏 발을 굴러

허공으로 향한다

너를 내려 보내 주겠다
너는 이제 이 시소를 떠날 채비를 한다

나는 너 떠난 후
땅으로 곤두박일 채비를 한다

슬픈 식목일

식목일이면 아빠가 누나와 내게 화분을 사다 주곤
했었는데
이상하게 내 화분이 항상 더 빨리 죽었던 것 같아
아빠는 내가 물을 너무 자주 줘서 죽는 거라 말했고
나는 납득할 수 없었지

대체 왜 물을 주는데 죽는 거냐고
사랑은 적당히 줄 순 없는 거라고

존재

별 볼 일 없다 하여
별 없을 리 없다

별 하나 보이지 않는 하늘이라고
별 없을 리 없다

어디선가 빛나고 있을 별을
부정할 필요 없다

기만하지 말자
어디선가 빛나고 있을 별 같은 내 사랑을

막걸리 순정

사발 앞에 앉아
조금의 거리낌 없이 네게 말한다

맑게 뜬 이 한 사발 앞에
나는 조금의 거리낌 없이 네게 말한다

막걸리 앞에선 원래 그런 거다 이 사람이
막 거르지 말고 말하는 거다 이 사람아
막걸리는 그래서 막걸리인 거다 이 사람아

이 맑은 사발을 봐라
이걸 탁하다 한다면
나는 더 할 말 없다

이걸 맑다고 한다면
그건 내 마음이라 여겨
더 열심히 들여다 보아라

한 사발 하고
내일 뒤집힌 속을 부여잡을지언정
나는 이 한 사발을 해야
널 잡을 수 있을 것 같다

너도 한 사발 들어라
탁한지 맑은지 한 번이라도 들어 보고 얘기를 해라
아마 트림을 할 거다
머리도 아플 거다
오래도록 발효한 내 마음이니
그 정도 숙취는 당연한 거라 여겨라

한 사람의 마음을 얻는 일은
그렇게 힘들다는 걸 알아라

그렇게 나는 매일
한 사발을 들이켰다

불행

내 행복엔 그대 행복 포함되어 있어
내가 행복하려면
그대가 행복해야 하는데

혹시 우리가 행복하지 못함은
그대 행복에도
내 행복이 포함되어 있기 때문일까

그래서
우린 행복할 수 없나

우리가 서로 같음이
우리의 불행의 이유가 되었나

아
나보다 더 불행한 사람아

사랑을 행하지 못하는 사람아

이 불쌍한 사람아

날 불행하게 하는 사람아

눈물

눈에 뭐가 들어갔는데
후 불어 줄 사람이 없었다

눈은 점점 붉어졌고
눈물은 점점 굵어졌다

어찌할 바를 몰랐고
눈물은 흘렀다

네가 없어서가 아니라
눈에 뭐가 들어가서 그래서였다

근데 그 눈물에
눈에 들어간 그 무언가도 씻겨 나왔나 보다

눈물과 함께 나 괜찮아졌다
나 혼자서도 나 괜찮아졌다

도피처

드라마에선 주인공이 갑자기 연락 두절이 되고 사라져 버리면, 그래도 주위에 한 명쯤은 꼭 '그 사람, 아마 거기 있을 거야.' 생각하고 찾으러 가잖아. 그럼 또 주인공은 거기 꼭 있잖아. 그럴 거였으면 왜 도망갔나 싶기는 해도, 난 부럽단 생각을 했었지. 그럴 장소가 있다는 것도, 그 장소를 알고 찾으러 와 줄 한 명이 있다는 것도.

정체

어느새 들어선 길에서
앞뒤 꽉꽉 막혀 버린 채
우린 가만히 서 있었어

나아갈 수도
이미 되돌릴 수도
없는 그 길

그 길 위에 설 때면
나는 늘
맨 앞이 궁금했어
이 기나긴 정체 행렬의 맨 앞

우리가 왜 이리 서 있어야 했을까
그 맨 처음 마음이 궁금했어

이 마음이 끼어들고
저 마음이 끼어들어
방향은 있는데
나아가지 못하는 지금에 서서

맨 처음 시동이 궁금해졌어
방향만 남은 지금
우리의 시동이 궁금해졌어

바다 위에서

자연스레 가까워진다는 말이
부자연스레 스쳐 가는 밤이다

대신 누군가와의
멀어짐을 인정하는 일은
훨씬 자연스러운 일이 되었다

오직
썰물만이 존재하는
바다 같았다

그 위에선
노 젓지 않는 모든 것들은
자연스레 멀어져 갔다

한 번의 너울에

멀어짐은
우리를 다시 노 젓게 했지만

언제부턴가 우리는
처음부터 노가 없었던 것처럼
멀어짐을 자연스러운 일 삼게 되었다

오래된 연인의 이별은
그렇게
일렁이는 너울에 떠밀리듯 찾아왔다

오지 않는 아침

저기 저 별은
이미 없을지도 몰라

별은 이미 사라졌고
나는 별빛만 보고 있는 거야

이미 가고 없지만
의미로 남긴 별빛을 보고 있는 거야

이미 가고 없는 너를
의미로 남긴 내가 보고 있는 거야

너는 별 같고
나는 별빛을 보고
밤은 깊고
아침은 오지 않는 거야

그래

지금은 아침이 오지 않는 거야

mute

실수로 눌러 버린 mute
정적과 함께 흐르는
표정, 몸짓, 눈빛,
그것만으로 소리가 들린다
그것만으로 충분하구나

네가 주는
표정, 몸짓, 눈빛,
그것만으로 소리가 들린다
바라보는 걸로도 충분하구나

이렇게 멀찌감치서도
우린 그걸로 충분하구나

같은 시절 그대에게

같은 시절 그대여
그 시절의 나는 잊어도 좋아요

허나
그 시절 그댄 잊지 말아요

그 시절
그대 참 예뻤거든요

그냥 모두 잊기엔
그댄 참 예뻤거든요

슬픔을 먹는 아이2

나는 슬픔을 먹는 법을 배웠다

밖으로 내뱉지 않고 집어먹는 법들을 배웠다

꾸역꾸역 집어삼킬 때마다 붉어진 눈시울은 과식의
산물들이었지만, 그 정도의 부작용쯤이야 슬픔과 함께
집어삼킬 수 있었다

그렇게 집어삼키고 겨우 뱉어 낸 트림 한 번이면

나는 꽤나 괜찮아 보였다

그런데 어떤 날은 트림이 나오질 않고

슬픔은 목 언저리에 얹혀 이도 저도 되지 않는 날이
있었다

너무 급했는지 너무 많았는지 이도 저도 할 수 없던
날이

있었다

등 좀 두드려 주소

이보오 등 좀 두드려 주소

내뱉어야 하는 날이 있었다

허나 등 두드려 주는 이 있을 리가

혼자 집어삼킨 슬픔 때문에 혼자 손 끝을 따야만 했다

검은 피가 한 방울 쭉 흘러나오길 스스로 바라야 했다

몇 번의 헛손질과 몇 번의 헛구역질

그리고 다시 흘러나오는 핏방울에 다시 내 입술을 가

져다 대야 했다

비릿한 피 맛에 스스로 안도해야 했다

이제 괜찮을 거야

그럴 때면 이미 난 눈물도 보고 핏물도 본 사람이었다

슬픔이란 이런 거구나

슬픔을 삼키는 일이란 이런 거구나

과식하지 말아야겠다

앞으론 과식하지 말아야겠다

가끔은 편식을 해야겠다 그게 편하겠다

생각을 했다

비행

하늘이 바다가 되었다
하얀 구름은 하얀 배가 되었다
그 아래 우리는 물고기가 되었다
그러면 나는 심해어쯤이겠다

발견되지 않은
학계에 보고되지 않은
헤엄쳐도 물결도 일지 않은

당신의 가장 깊은 곳을
헤엄치듯 비행하는
심해어

이기

너는 너만 생각하는 것 같다고
네 생각 속에 내 생각이라곤 전혀 없는 것 같다고
나는 그렇게 너를 쏘아붙여야 마음이 편했다

그러고는 미안하다는 말도 내가 꺼냈다
우리 이야기에서 착한 편은 언제나 나여야 했으니까
그래야 내 마음이 편하니까

그날 너는 미안하다 말했다
그날 너는 이기적이지 않았는데
너는 미안하다 말했다

나는 그렇게 널 이기려고만 들었었다
이기적인 건 나였다
우리 이야기에서 늘 착한 척하는 나쁜 놈은 나였다

귀경길

차가 차의 꼬리를 문 이 길이
내려갔다 올라가는 이 밤의 길이
보내는 마음의 길이
떠나온 마음의 길이
달은 꽉 차 비추는데
맘은 텅 빈 이 밤의 길이

오늘밤은
세로로 길어 슬프다

오늘밤은
세로로 길어 슬퍼

귀경길2

살랑이는 저 벼들
할미 따라 등 굽었다

살랑인다
살랑인다
또 오너라
또 오너라

0시

오늘이었던 어제를 보내고
어제부터 오늘까지 펼쳐진 밤하늘 아래 있어
하늘이 넓은 것 그것 자체가 무서운 날이 있어
아무 것도 시작되지 않은 것 같은 시간에 있어
존재할 뿐 아무 것도 시작되지 않은 것 같은 시간에
있어
어쩌면 우리도 시작이란 것 자체가 없었을 수 있어
우린 그냥 존재했을 뿐 시작도 없었을 수 있어
그러니 끝도 없어

0시

시작도 아니고 끝도 아닌 시간
우린 거기에 있어
그 시간 그때의 시침과 분침
그리고 더는 흐르지 않는 시간

우린 그때에 있어

시침 분침 멈춰 버린 시간 0시 시작 끝

우린 아무 것도 없어

정의

대부분의 사랑에 대한 명언들은
그 정반대의 의미로 얘기해도 꽤 그럴싸한 말이 된
다

그렇듯 사랑은 정의하기 어렵고
이제와서 드는 생각은 그걸 굳이 정의할 필요가 있
나 싶다

그래서 나는 감히
사랑을 정의하는 사람은 되지 말아야겠다 생각했
다

사랑만을 내 정의 삼아야겠다

숨

잊겠다는 말
그거 그냥 숨 참는 거지

참고 참아 봤자
결국 더 크게 먹는 거지

숨 참는다고 멎으면
사람이었겠나

잊겠단 그 말로 잊혀지면
사랑이었겠나

달이 되어

달에겐 달이 없듯
나에겐 내가 없어
사랑을 모른다
받는 법을 모른다

네가 나의 달이 되어
내 주변 맴돈다면

썰물로 비워 내도
밀물 다시 차오르겠지

그대 매일 밤하늘에 떠오르겠지
나는 매일 그대가 떠오르겠지

파도

너란 바람에 밀려
바위 위에 부서진다

끝이 없다
끝이 없다

너 있는 한
끝이 없다

달이 되어2

언제라도
눈 감으면 밤인데

떠오는 건
그대이니

그대가
곧 달이네

나는 매일 눈 감겠네

밤이 보고 싶을 땐 그냥 눈을 감아요

눈 감으면 밤인 걸요

이상의 거리

길거리에서 목을 놓아 울어도
누구 하나 이상하게 보지 않았다

내리는 비를 그대로 맞으며 걸어도
마찬가지였다

이상한 사람이 하나도 없는 이상한 거리였다

다들 손을 잡고 걸었다
나체로 걷는 연인도 있었다

길거리에서 사랑을 나눠도
누구 하나 이상하게 보지 않았다

노래 없이도 노래가 흘렀다
웃는 사람들과 사랑만 있었다

이상한 사람이 하나도 없는 이상이었다

침묵의 값

모르면 가만히 있으라는 이야기를 들으며 자랐다
가만히 있으면 중간은 간다는 이야기는
그 속편처럼 이어지던 이야기
그러니까 그 말은 즉 몰라도 중간은 갈 수 있다는
이야기
나도 모르게 중간을 꿈꾸게 하던 이야기

그렇게 중간으로 몰린 사람들과 함께
나도 중간에 서니 배불뚝이 세상이 되었다

교만한 머리는 작아 빠졌고
중간에선 배가 튀어나온 덕에
머리는 다리가 보이질 않았다
다 중간이 된 탓이었다

세상이 다이어트를 시작하면

가장 먼저 연소될 지방층이 되었다

침묵의 값이다
모른다고 가만히 있던 값이다
알려고 하지 않던 값이다
알아도 모르는 척하던 값이다

꼬마와 비행기

지하철 안
다리를 절며 아저씨가 다가온다

앞면에는 다리를 절고 있는 이유가, 뒷면에는 장애
인 신분을 증명하는 신분증이 복사된 종이가 내 무릎
에 놓였다

어떤 아저씨는 종이가 놓이자마자 바닥으로 쳐 냈
다
모두의 시선이 잠시 그 종이를 향했다 그냥 아주 잠
시였다
이런 상황을 처음 접하는 듯한 학생은 안절부절이다
내려야 하는데 종이를 건네받은 모양이다

아주머니들은 종이 따위 신경도 쓰지 않고 계속 이
야기를 나눈다 그 와중에 한 아주머니의 시선은 절고

있는 다리로 향한다

　내 옆에 있던 꼬마는 종이가 왜 놓여졌는지를 모른
다 그 종이로 무엇인가를 접기 시작했다
　다른 것보단 비행기였으면 좋겠다고 나 혼자 생각
했다

　나는 내게 종이를 준 그 아저씨를 몇 년째 지하철에
서 보고 있다
　이번엔 지갑을 열지 않으리라 생각하고 종이를 무
릎에 그대로 두었다

　아저씨가 종이를 하나 둘 다시 가져간다
　지갑을 연 사람은 없었다

　그렇게 아저씨가 옆 칸으로 넘어갔고

내 옆에 있던 꼬마는 접다 만 종이를 바닥에 버렸다

저건 비행기였을 것 같다고 나 혼자 생각했다
완성되진 못했다
아저씨는 꼬마의 종이는 가져가지 않았다

이상

서점에서 일을 한 적이 있었다.

어떤 날은 고객들이 원하는 책을 대신 찾아다 주는
일을 하기도 했었는데 그건 무척 힘든 일이었다

눈에 잘 보이도록 진열해 놓은 책보다 억지로 찾아
도 잘 보이지 않는 책들이 훨씬 많았으니 쉬울 리 없었
다

어떤 책은 손만 뻗어도 쉽게 닿을 수 있었으나
어떤 책은 높은 사다리를 동반해 꺼내야만 했다
손 뻗어도 도무지 닿지 않는 곳에 있기도 했다

어쩔 수 없다는 말로 위로하기엔
이상은 너무 높은 곳에만 있었다

꿈꾸지 않으려

내가 꿈꾸던 일을
꿈이라 한 적 있었나

남의 꿈만 함께 좇았나
그 꿈을 내 꿈마냥 여겼나

빌어먹을 청춘은
꿈마저 빌어먹으라나

남의 꿈 꾸어다 꾸고
그 댓가로 내 꿈을 버렸나

나는 이제
꿈꾸지 않으려

내 꿈
빌어다 쓰지 않으려

어둠

나는 불을 끄고 책을 읽고 싶다
형광등이고 양초고 다 치워 버리고
비로소 완전한 어둠에서 책을 읽고 싶다

그런 밤은 더 무거울 것이다
무거운 밤엔 무거운 소리만 날 것이다
혼자 속으로 읽어 내는 소리가
뼈와 살을 뚫고 방을 메울 것이다

세상의 소리는 오직 나밖에 없을 것이다
내가 내는 소리는 오직 그 책밖에 없을 것이다
종이 위에 문자들은 소리 없는 소리가 될 것이다

보이지 않는다고 존재하지 않는 것은 아닐 것이다
나는 보이지 않는 곳에서 보고 싶어졌다
나는 그런 밤과 그런 어둠에서 책을 읽고 싶어졌다

심지가 되어

퇴근길 석양이 질 무렵
지평선을 향해 걸어가는 이들의 뒷모습이 심지 같
아 보였다 지는 해가 만들어 내는 그라데이션은 마치
그들의 위로 타오르는 불꽃처럼 보였다

각자가 심지가 되었다
모두들 꺼지지 않는 불꽃을 일으켰다

해가 질 무렵이었다
그해 역시 다시 떠오를 해였다

밤비

빛을 앗아간 밤에
비가 내린다

젖은 밤은
더 어두운 밤이 된다

젖어 버린 풀잎은
더 어두운 풀잎이 된다

젖어 버린 아스팔트도
더 어두운 아스팔트가 된다

새끼 찾는 고양이
밤새 울어 댄다

어미 찾는 고양이도

밤새 울어 댄다

아이들의 울음소리 같다

빛을 앗아간 밤에
비가 내린다

도무지 해가 뜨지 않는 밤이다
해가 뜨지 않는데
비도 그치질 않는다

길

내가 아는 길과 알지 못하는 길이 있어

나는 아는 길을 걸으며
알지 못하는 길의 너를 사랑하네

그곳엔 내가 아는 시련이 없길 바라며
알지 못하는 길의 너를 사랑하네

나는 언젠가 우리의 길이 만날 거라 생각하지 않네
꼭 같이 가지 않아도 좋으니

그곳엔 내가 아는 시련이 없길 바라며
알지 못하는 길의 너를 사랑하네

관

깜빡거리는 형광등마저 꺼 버리고 나면 빛 하나 들어오지 않는 좁디좁은 내 방 안에서, 그보다 더 좁은 침대에 눕는 일은 어쩌면 관에 눕는 일 같았다 관에 누워 본 적은 없지만 비슷할 것 같다고 생각했다

그러면 이불을 덮는 일은 관 뚜껑을 덮는 일이었다
매일 밤 내 스스로 관 뚜껑을 닫았다 나지막이 내뱉거나 속으로 집어삼키는 말들은 유언이 되었다 아 왜 난 멋없는 유언을 내뱉는가 유언이 멋있는 것도 복이라는 생각이 들었다

아니다 삶이 편할수록 유언은 멋없을지도 모른다는 생각이 또 들었다 나도 이유는 모르겠다 편하게만 살고 싶진 않지만, 또 편하지 않고 싶지는 않다 나도 무슨 말인지 모르겠다

오늘도 관에서 잠든다 빨리 잠들어야 한다 관은 생각보다
편안하지만 내 마음은 불편하다 이건 무슨 말인지 알겠다

나는 내일 스스로 관 뚜껑을 열고 부활해야 한다
부활한 하루는 전생을 너무 생생히 기억해 괴롭다

다음 생은 행복했으면 좋겠다는 생각을 하며 현생을 괴로워하고 있다 빨리 밤이 왔으면 좋겠다고 생각한다
또 난 멋없는 유언이나 내뱉을 텐데도 말이다

매일매일 하나의 인생들이 지나간다
나는 또 내일 부활해야 한다

읽지 않은 날

아무 것도 읽지 않은 날은
정말 아무 것도 읽을 수 없다
읽히는 것이 하나 없다

아무 것도 펼치지 않은 날
이불 펼치기도 민망해
아무렇게나 던져진 이불 위로 그냥 몸을 던진다

그대로 잠들었다가
그대로 일어나야 한다
내일도 오늘인 척 살아야 한다

읽지 않고
읽히기만 바라는데
읽힐 수 있을까

펼치지 않은 이불 위에서 자도

편할 수 있을까

UFO

나는 외계인을 믿어
아니 이건 믿고 말고 얘기할 문제도 아니야
나는 직접 봤으니까

한 20년 전에 할머니댁 앞에서
사촌동생이랑 달리기 시합을 하다가
너무 숨이 차서 하늘을 봤을 때 그때 본 거야
그 영롱하게 빛나던 비행 물체를

그건 태어나서 한 번도 본 적이 없던 빛이었고
그것의 속도는 비행기의 속도가 아니었지

한 눈에 봐도 지구상에 존재하는 무엇인가로는 절
대 설명이 되지 않는 존재였어 그런 걸 UFO라고 하는
거구나 직감했지 UFO라는 말밖에 어울리지 않아 그
영롱함에는

그래서 나는 외계인이 있다는 것을 알게 되었지
진짜 보았으니까

언젠가 외계인이 나타나 얘기하게 된다면
내가 본 것이 너희였는지 꼭 물어볼 거야
혹시 아니었다고 한다면 걔네한테도 꼭 말해 줘야지

이 우주엔 우리와 너희말고도 또 다른 외계인이 있
단다

그리고 설명해 줘야지
그것의 영롱함에 대하여
내가 잊지 못하는 그것에 대하여

제주 돌담길에서

하나하나
쌓아올린 돌로 만든
낮은 담이 있다

돌 틈 사이
햇볕이 스미고 바람이 통한다
통하라고 만든 담이다

우리 사이 벽 대신 돌담을 두자
이 낮은 돌담을 두자

빛이 스미고
바람이 통하는 돌담을 두자
낮은 덕에 바라보기도 좋으리라

우린 딱 이만한 돌담 쌓아두고 살자

하나하나 정성으로 쌓아올린
이 낮은 돌담 두고 살자

너와 나의 구분은 두고
통하며 살자

하나의 햇볕으로
하나의 바람으로 살자

우리의 밤은
별과 달과 우리들로 가득 차 있다

Epilogue

<스타리 스타리 나잇>을 만들던 때가 생각납니다. 가을이었고, 제주였습니다.

 낮엔 광안리 해변을 따라 무심히 걷다가 밤엔 우리 곁에 가득 찬 밤하늘을 감상하는 것이 저와 그이의 일이었습니다. 그때마다 돈 맥클린의 노래가 귓가에 머물던 덕에 이 시집의 제목은 이렇게 지어졌습니다.

 지금 쓰라면 못 쓸 시들과 지금의 저라면 안 썼을지도 모를 시들이 이곳엔 그대로 남아 있습니다. 사람이 변한다는 증거입니다.

 하지만 그때의 제 곁을 지켜준 그이 역시, 여전히도 제 곁에 남아 있습니다.

 우리가 변하더라도,
 우리는 여전히 사랑할 수 있다는 증거입니다.

 2024년 봄
 엄지용.

엄지용

1987년 7월 출생

2014년 12월 독립출판 시집 『시다발』
2015년 10월 독립출판 시집 『스타리 스타리 나잇』
2018년 5월 시집 『네가 내린 밤』
2019년 1월 시집 『나란한 얼굴』
2021년 12월 독립출판 시집 『제목은 정하지 못하였습
　　　　니다 제 이름도 제가 정하지 못한 걸요』

청춘문고 032

스타리 스타리 나잇

2024년 5월 3일 1판 1쇄 발행

지 은 이 엄지웅

발 행 인 이상영

편 집 장 서상민

책임편집 이상영

교정·교열 신희정

디 자 인 서상민

마 케 팅 박진솔

펴 낸 곳 디자인이음

등 록 일 2009년 2월 4일:제300-2009-10호

주   소 서울시 종로구 자하문로 24길 24

전   화 02-723-2556

메   일 designeum11@gmail.com

blog.naver.com/designeum

instagram.com/design_eum